KB130948

여보야

박각순

충남 천안 출생.
여수 석유화학단지 내 정년퇴임.
전남대 평생교육원 문예창작 과정 수료.
2012년《문학춘추》시로 등단.
한국문인협회 회원. 문학춘추작가회 회원. 전국문인회 여수지회 회원. 전남문인협회 회원. 여문돌 동인.
시집『향기 속으로』『꿈속으로』『당신 곁으로』『내 곁으로』『마음속으로』.

여보야

—

초판 1쇄 2020년 8월 25일
지은이 박각순
펴낸이 김영재
펴낸곳 책만드는집

—

주소 서울 마포구 양화로3길 99 4층 (04022)
전화 3142-1585 · 6
팩스 336-8908
전자우편 chaekjip@naver.com
출판등록 1994년 1월 13일 제10-927호

—

ISBN 978-89-7944-734-7 (03810)

여보야

박각순 시집

책만드는집

| 시인의 말 |

잊힌 사랑이 그리움으로 다가올 때
가슴에서 울리는 소리가 머리를 휘감을 때
그때야 사랑이란 허무인 것을 깨닫게 된다
긴 밤을 지새우며 허공 속에 그려놓은 임의 얼굴
그것이 허공이라는 것을 조금은 알 것 같다
누구나 사랑을 하지만
다 똑같은 사랑은 아닐 것이고
내 느낌도 네 느낌도 모두가 허상인 것을
그리움과 사랑으로 엮어낸
본질을 읽는 이들에게
내 마음과 함께하길 바란다

2020년 8월
박각순

| 차례 |

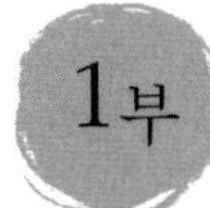

2부

3부

4부

1부

네 모습

하얀 백합보다
더 하얀

아침 창문을 열면
새들의 하모니

꿈속 그 목소리
내 창문에 비치는 스크린 속
환한 네 모습
금방 피어나 맺은
딸기

첫눈 내리는 오후

긴 겨울
오후
화양면 하늘 그 어디서부터
하늘하늘
고운 눈송이 춤을 춘다

왜 이리 설레는지
그때 누군가가 곁에서
나풀나풀하는 눈송이가
너의 속마음이라는 걸

세월이 지나도
너의 하얀 마음 지울 수 없네

봄의 노래

이른 아침 눈을 뜨는 것은
아침 이슬 머금고 피어난
꽃보다 더 아름다운 당신을 보는 것이다

내가 잠을 자는 것은
꿈속에서 당신과 사랑을 속삭이고

내가 가보지 못한
무지개 위에 피는 꽃동산
그 안에 사는
당신을 만나기 위한
마음을 가다듬고 머릿속을 비우는 것이다

네가 있는 하늘 아래

늘 곁에 있는 듯
손을 내밀면 잡힐 듯
마음을 풀어놓으면
언제나 뒤엉켜 감겨드는
네 맘 내 맘

멀리 있어도
그보다 더 먼 곳에 있어도
아니 눈을 감아도
너는 내 가슴속에
살아 있는 덩굴장미

그녀의 선물

세상살이가 왠지 불공평했다
내 입에서 나오는 소리도
두 눈으로 바라보는 시선도

내가 이쁜가요
그러면 세상 모두에게
나에게 하듯이 하세요

그녀의 한마디에 달라졌다
세상이 달라졌다
어쩌면 사람들이 저렇게 친절할까

먼저 인사했는데
먼저 미소 지었는데
그냥 고맙습니다 했는데
세상이 환하다

너 사랑해

그 깊은 눈 속으로 끝없이 빨려드는
내 소신 없는 사랑
결국 별명 하나 계급장인 듯
이마에 작대기 하나 그어놓는다

어쩌다 마주친 눈길
미소라도 지으면
난 그냥
저 깊은 심연의 무지개 속에 빠져든다

끝없는 저 심연의 이중인격자
즐거움과 괴로움을 동시에 던져주는
마법사

나도 사랑의 반지
하트가 선명한 네 가슴속
그 어딘가
조그만 화단에 덩굴장미 심었지

당신을 사랑하니까

차가운 바람 얼굴 스치며
너의 고운 얼굴 훔쳐 달아났을까

가슴 깊은 곳에 숨겨둔
네 모습 찾을 수 없네

울타리에 줄줄이 매달린 노란 개나리일까
산비탈에 화사하게 핀 진달래일까
수줍게 피어난 복숭아꽃
계절마다 피는 그 꽃

당신을 위해 두 손 모으고 기도했지요
당신은 언제까지나
나의 꽃이 되어달라고

잠시 내 곁을 떠난 당신
아직도 내 영혼 속에 묻어둔 당신
기도하며 기다릴게요
이 생명 다하는 날까지
당신을 사랑하니까

너 그리고 나

기억조차 아련한 그때
어디로 어떻게 튈지 모르는
보름달보다 더 하얗게
밝은 빛을 뿜어내던 너

장미꽃 향기일까
살구꽃 향기일까
언제 어디서나 꿈에도 잊지 못할
커다란 망치로 가슴을 두들기던
황홀한 너의 향기

네 곁에서 한 발 한 발 멀어지면
가슴에 차 있던 꿈이
이른 아침 진눈깨비 맞는 걸음이다

기나긴 지난 세월
저편의 한 편 드라마처럼
가끔 처음부터 다시보기 하다
어느 땐 미소 짓다
어느 땐 눈물 흘리다
그렇게 소주잔을 잡는다

하늘만큼 땅만큼

하늘길
셀 수 없이 많은 길
내 마음 달려가
하늘만큼 땅만큼
사랑을 안겨주고 싶은 그 길

눈 깜짝할 새에 전파로 연결되는 시대
내 마음 전달할 길은 철조망이 가로막았나
하루 종일 내린 비가 길을 끊어놨나
한 아름 담아 보내건만
제대로 찾아갔는지
도중에 새들이 먹었는지

길고 긴 겨울밤
눈을 감아도 눈을 떠도
아롱거리는 활짝 핀 꽃, 너
하늘만큼 땅만큼
사랑해

영원한 사랑

너 눈에 가시가 되어
내 눈 내 가슴을 짓밟아 뭉개버리고
허공인 듯 무지개 속으로 날아올라

너를 향한 그 순수함
들녘의 풀잎에 맺힌 새벽이슬 모아
정화수 가득 담아

너를 매일
이른 아침에 바라볼 수 있다면
그 눈동자 속에
세상에서 가장 진실된
사랑을 펼쳐 보이리라

너와 나

하얀 백설이 깊숙이 내려앉은
무등산 오름길에
조그만 엉덩이 눈앞을 가로막는다
개미 줄서기 하듯
꼬리에 꼬리를 문 그 끝에 그 엉덩이
하늘하늘

너무 앞세워 왔는가
보아온 얼굴들
어디에도 보이지 않는다

저 밑에 조그만 햇살
헐떡이는 숨소리
발자국 하나하나에 꽃씨를 뿌린다

떨어지는 씨들의 메들리가 깊어
그 향기가 만석의 객석에
사랑으로 감싸 안는다

사랑이 뭘까

당신을 바라보노라면
흐트러졌던 마음도
동화 속 공주 보듯
마음은 무지개 위에 있고
꿈꾸는 어린 왕자 된다

어디서 어떻게 만난 것이
무엇이 중요하리
세상의 어떤 꽃도 당신을 대신할 수 없는데
내가 다시 태어난다면
그때는
처음부터 당신을
사랑할 거야

아침 이슬 당신

세상 곳곳의 생명수

아침 이슬
당신이 펼친 손 그림자
살아 숨 쉬는 대지

하얀 사막에
새싹이 땅을 비집고 솟아나고
날고 기는 생명들

당신이 있어
태양이 대지를 밝힙니다

네가 어디에 있든

보고 싶다는 그 말도
사랑한다는 그 말도
아직도 너를 다 알지 못해
허공 속 부르짖는 메아리
주머니 속의 동전 몇 개가
네 깊은 속마음과 견주랴

너도 하나
나도 하나

세상 모두가 하나부터 시작인데
내가 하나를 세었으니
너는 둘부터 세어나가라

네가 있어

바람도 놀다 가는 허공
새들도 날개 접는 긴 숲에
물방울들이 서로의 외로움으로 뭉쳐
숲의 하모니를 연주한다

그 누가 이 무대를 적막강산이라 했는가
귀청을 천둥같이 찢어놓거늘
듣는 자와 못 듣는 자의 차이를
소리 높여 흔들고 지나는 바람

네가 있었기에
이 웅장하게 펼쳐놓은 무대의 관람객이
나 혼자만은 아닌 걸
유유히 흐르는 구름은 알리라

신발

어디에서 어떻게 시작되었는지
드디어 내 발에 맞는 반쪽짜리 신발
살며시 다가와 곁에 포근히 내려앉는다

동화 속 구두인가 그림 속 모델일까
스쳐 지낸 그 시간
꿈인들 어쩌리 내일인들 어쩌리

여기 한 쌍의 보랏빛 신발 가지런히 놓여 있는데
너와 나
그 속에 묻혀
밝은 길 더듬어 길 물어 나아가자

한 발자국 다가서다

그녀에게 한 발자국 다가섰다

청명한 하늘이었고
봄날 활짝 핀 벚꽃나무 사이를
솜뭉치 같은 따스한 손 잡고 거니는
달콤한 향수 속에 묻히는 즐거움이다

빗살이 번쩍
우르르 쾅쾅
장대 같은 빗줄기가 대지를 삼켜버릴 듯
가슴을 적셨다
무지개로 하늘에 그림을 펼쳤다

단풍 든 붉은 산야를
호수 바닥에 비단처럼 펼쳐놓고
별보다 더 반짝이는 눈망울로
그림 속에 푹 빠져들었다

첫사랑의 만남

기다렸다
봄 햇살보다 더 따스한
가슴도 두근두근

어떤 모습일까
홈 의자에 앉아 있는 저 할머니
세련된 옷에 부산한 중년 여인
그때의 복사꽃 같은 저 젊은 처녀들

준비한 꽃다발 안겨줄까
번쩍 들어 올려 키스부터 할까
가방을 받아 들며 안부부터 물을까

세월 저편에 있던 너
너를 어떻게 맞을까
계절이 봄이니
여천역을
장미꽃으로 가득 채울까

그때 그 시절

수없이 써 내려온 사랑
현수막으로 역을 감쌀까

그 어떤 것도
내 마음을 대신할 수 없구나

사랑의 꿈

너를 알아갈 때 그 큰 기쁨
가슴은 두근두근
넌 세상에 하나 남은
내 사랑을 송두리째 거둬 간

빈 가슴을 조금씩
의문의 문제로 숙제를
채워주는 너

억지로 미소 짓지 않아도
아침 이슬 머금은 꽃
그 무엇도 너와 견줄 수 없으리

네 세상이
내 세상이고
너와 함께하는 지금
꿈꾸는 듯한 무지개다

겨울에 핀 장미

조용히 내려앉은 겨울 햇살이
담장 장미 넝쿨과 사랑을 속삭입니다
며칠째 사랑놀이하더니
오늘 아침에는
빨간 꽃송이를 하늘에 널어놨습니다
저렇게 꽃을 피우는 걸 보니
사랑을 하면 춥지도 않은가 봅니다
장미 넝쿨은 추운 겨울에
사랑놀이하다가
얼마나 부끄러우면
빨갛게 물들었을까요
나도 얼굴이 빨개지도록
사랑하고 싶어지니 주책입니다

나의 하트

시간을 거슬러 온 순간의 하트가
밤하늘 은하의 꽃을 피운다
멀리 지나온 발자국도
지금 지나는 발자국도
하나의 그림자
지나면 흔적이 없다

지금의 하트가
살아 있는 흔적이고 행복의 열쇠인 것을
그 무엇으로도 대신할 수 없는
나만의 하트

보석보다 빛나는 눈물방울

세상에나 내가 널 울렸어
보석보다 더 빛나고
깊은 호수보다도 더 깊은 네 눈에
이슬 같은 물방울 흐르게 했어

살아온 세월의 아픔을 하나로 뭉쳐
믿음과 사랑으로 날려버리고
희망의 동산에 사과나무를 심자던 내가
약속의 메아리가 사라져 기억조차 가물가물한데
술병을 손에서 놓지 않으니

며칠 남은 이해가 가기 전
내려놓아야 할 것들 미련 없이 놓아버리고
한 그루 사과나무를 심자
내 사랑 보석에 미소가 가득하게

사랑은 진한 펜으로 쓰세요

후회하지 않도록
진실 가득한 펜으로
꾹꾹 눌러써야 한다
가벼운 사랑은 생각을 말자
단 한 번
이 세상이 나에게 주는 선물
아무리
어려워도 허투루 할 수 없다
사랑만은 양보할 수 없다
그것이 나의 전부이기에

사랑의 역설법

나는 그가 밉다
그는 나를 불면증에 시달리게 하고
어느 날은 하루 종일 그가 머릿속에서 노닌다

드디어 사랑의 나무가
춘삼월 가슴에 심겼는지
고요하던 산자락에 산새들 노래도 들리고
곱게 핀 꽃과도 대화가 된다

그를 만나고
하루라도 그를 떠난 적이 있었던가
그를 떠나고 내 삶에 무엇이 남겨질까
그는 나의 전부인데

나만의 사랑

깊어진 밤
흐르던 자동차 소리도
창가를 비추던 가로등도
점점 멀어지고

어슴푸레 멀리 떠 있던 별
점점 다가와
조용히 가슴에 안긴다

심장이 터질 듯 부풀고
풍선인 양 허공에 붕 떠오르며
선인들의 세상인 듯

내 이를 어찌할까나

2부

내 정원

어디에서 시작했을까
기억조차 아스라한
복숭아 사과 꽃 필 때
그 시절보다 더 먼 시절에

그때 네가 있었지
넌 언제나
금방 팍 터질 듯
향기가 가득했어

세상 꽃들
모두 싸안은 정원
조그만 장미 한 송이
은은한 향기로
정원을 채우다

봄이야

짙은 꽃내음
살포시 다가와 안긴다

아련한 기억 저 멀리
살구꽃 가득 안고
보석보다 더 빛나는 눈망울로
지그시 올려다보던
봄꽃 소녀

어디쯤 가 있을까
이제는 봄이 와도
그때 복사꽃보다도 더 향기롭고
화사했던 너

지금 네 꽃이 천지에 피어나는
봄이야

사랑의 무게

위에 있는 머리가
가슴을 짓뭉개듯이 내리 눌러대는 것은
저 혼자 이겨내기가
너무나 무거웠으리라

사랑을 저울에 매달아
측정할 수 있다면
수시로 변하는 사랑의 무게를
평균 제로 알파라 하겠다

알 수 없는 사랑

네가 나를 사랑하지 않는다고
내가 너를 사랑하지 않는다고 생각하지 마라
내 사랑은 네가 볼 수도 만질 수도 없느니
오로지 가슴속에만 숨어 사는 것

가슴속에는 작은 우주가 있고
언제 어떻게 변할지는
사랑만이 알 수 있는 것
꽃이 피고 열매가 맺히는 건
따스한 봄날 아지랑이 피어오르듯
너의 마음이 봄이 되어야 한다

네 사랑도

내 사랑도
흔적 없는 그림자

너와 내가 있어야
흔적이라도 남기는 것
측정할 수 없는 긴 터널 속
거기서 무게가
저울에 올라서리라

무지개로 피어난 사랑

한 발자국
한 발자국
너에게 옮겨놓는 소리보다
그 순간 내 심장 소리가
천 배 만 배 하늘을 울렸지

나를 보는 순간
너의 희미한 미소가
온 세상에 무지개로 채색되어
아무것도 없는 진공 속에
당신만이 가득 찼지

함께한다는 것이
순간순간마다 시 한 편을 낭독하듯
매미의 메아리로
나비들의 날갯짓으로
허공을 수놓으며 춤을 췄지

아무리 세월이 흐른다 해도
내 눈 속에도

심장에도
활짝 핀 너

발자국

취한 눈 크게 뜨고
흐려진 달인지 가로등인지
비틀대는 발자국 밑에
지난날 연인들 모습 그려놓고
눈물 방울방울 심는다

흔들리는 발자국이
이 가슴 저 가슴 왔다 갔다

보고프고 그리운 건
세월의 무늬 아니던가

아기 토끼 같은 하얀 그리움이 있어
까만 물감 풀어 너를 그린다

너랑 나랑

이제는 기억조차 아스라한
저 먼, 봄이면 화들짝 새롭게 피어나던
너

입춘이다
네가 매년 카멜레온이던 그 시절
나는 너를 가끔 볼 때마다 동물의 왕국
공작새 되어 날개를 활짝 폈지

무수한 계절이
손등과 얼굴에 퍼질러 놓은
주근깨인지 검버섯인지
탄탄한 길에 소낙비 흘러내린 빗자국인지
골짜기 아련한 안개인지

너 지금
훌러덩 벗어버리고
너랑 나랑
거기로 우리 달려가자

너 1

바보같이
예약도 계약도 없이
무조건 여기까지

아무도 알아주지 않는
그 깊고 긴 터널

공해 속에
누가 놓고 갔을까

갓 피어난 꽃 한 송이
아침 이슬 풀잎에
샛별보다 더 영롱한
너

나의 당신

웃어야 할까
울어야 할까

가슴이 저리도록 보고 싶을 땐
심장이 멈추는 듯 아프고

아침 이슬 먹고 갓 피어난
붉은 장미 같은 너를 볼 때는
번갯불에 덴 듯

샛별같이 영롱한
눈을 바라보면 우주의 깊은 연못인가
그곳에 첨벙 뛰어들고픈

내 당신이기에
내가 사는 날까지
그 설렘이 영원하겠지

겨울밤

깊어가는
차가운 겨울밤
창밖에 서성이는 희미한 달빛
창공에
외로워 지쳐 말라버린
소리 없는 사자후 으르렁대며
꾸벅꾸벅 졸고 있는 별들을 깨운다

스쳐 가는 걸까
스쳐 오는 걸까
잊혀가던 얼굴들
인연에 인연을 더해 묶여 있던
젊은 날들
평생을 함께할 줄 알았는데
헤아릴 수 없는 별 중에 어느 별에 있는지
이 별 저 별 찾기가 바쁘겠다

약속

한참을 왔는데
여기가 어디일까
그 사람은 어디쯤 왔을까
안개 속 그림자 희미하다

목적지는 눈앞에 보이는데
한 발 한 발 다가설수록
고무줄보다 더 길게 점점 늘려지는
허무와 허상은
무엇을 가르치려 하는가

네가 있어 내가 있고
너와 내가 저 초원의 중심이니
새 생명의 녹음 짙게 하리라
이슬 맺게 하리라

잠시 잠깐

늦은 저녁 굵은 빗방울이
요란하게도 창문을 두드린다
무심코 창가에 다가가 초점 없는 눈으로
부딪쳐 산화되는 물방울과
지나는 우산 속 사람들을 바라본다

언제였던가 소나기 쏟아지는 날
우산 하나 받쳐 들고
그녀가 있던 카페를 찾았지
옷은 젖어 후줄근한데
늘 그곳에 앉아 있던 주인은 간데없고
빈 의자만 쓸쓸하게 반겼지

유난히 비 오는 것을 즐기며
칵테일 잔을 들고
하염없이 창밖을 바라보던
젖은 눈망울의 그녀

수십 년이 지난 지금도
어디선가 창밖을 보며 술잔을 잡을까

빗줄기

허물어져 가는
차디찬 내 가슴을
저 빗줄기마저
천둥 번개로 잠재우려는가

한잔의 술로
세상을 노래하며
엿장수의 풍미로 허허로움을 달래고

끝없는 너와 나의 인연
한 뭉치 얽힌 실타래
처음은 내가 쥐고
그 끝은 당신이 쥐었지
처음과 끝을 놓지 않으면
평생을 그 안에서 살리라

잠에서 깬 사랑

저기 저 앞에
토끼인지 강아지인지
눈앞 몇 발자국 앞에
샛별을 따다 눈 속에 박아놓고
옹달샘에 세수를 했는지
싱그러운 매화 향기 코끝을 간지럽힌다
오랜 잠 속에 깊이 묻혀버린 눈동자가
눈썹을 밀어 올리고
굳게 닫아버린 문을 열어
긴 호흡으로 매화 향기에 듬뿍 취한다
시간의 흐름 속에 얼마나 취했을까
눈을 떠도 감아도
허상만 왔다 갔다
무지개 언덕에 올랐는가 보다

기다림

먼 지난날
네가 보낸 그 조그만 미소의 우체국
무엇이 담겼을까
호롱불 밑에 깔아놓고
밤새워 한 자 한 자 나열한다

무엇이 비었을까
무엇이 빠졌을까
어디가 부족한가

그 무엇으로도
너의 얼굴 가릴 것 없어라
흐르는 초롱불
그늘진 어둠 속
너도 없고 나도 없어라

정열

다 떠났다는 말은 하지 말자
아직도 내게는
초가을 해바라기보다도
샛별보다 더 빛나는
사랑의 별이 가슴에 빛나고 있다

오면 가고 가면 온다
영원한 것이 어디 있으랴
아픔도 기쁨도 순간인데
네 것이 어디 있고 내 것이 어디 있나
간 것도 온 것도 흔적이 없다

뜨거운 사랑의 불이
아직도 활활 타고 있는데
보라 춥고 배고픈 자들이
네게로 다가오고 있다

눈송이 하나

앙상한 가지를 더듬으며 흩어지는
소란스러운 속삭임이
길 떠나고 받는 조그만 역
연탄난로 하나 조용히 울고 있다

떠난 사람 안쓰럽게 바라보던
고운 눈가에
차가운 눈송이 하나
눈썹에 매달린다

열린 문으로 들어서는
반가운 얼굴 하나
하얀 눈송이다

기다리는 마음

주룩주룩
빗소리가 창문을 넘어온다
요란한 청소차가 마지막 남은
꿈속의 임을 보낸다

커피 잔에 어리는 잔잔한 그녀의 향기
콧등머리에
메아리처럼 진탕질을 쳐댄다

궂은비가
하염없는 내 가슴 비가 싫었을까
서쪽 하늘에 어슴푸레
있는 듯 없는 듯
무지개색 하나 띄워놓았다

손바닥에 쓴 편지

바보
너는 세상에서 제일가는 바보야

내 손바닥을 제 무릎 위에 올려놓고
볼펜으로 쓴 글

내 손바닥은 너의 체온이
펄펄 끓어넘치는데

내 앞날은
연탄불 꺼진 차가운 냉방이었지

먼 세상 같은 그 시절
난 가끔 손바닥을 펴고

흔적 없는 네 편지를
손가락으로 더듬어 읽는다

사랑 3

가슴이 울리도록
그 사람이 보고파
긴 밤을 허공과 같이해 봤는가

전화기 목소리만 듣고도
가슴이 진탕 치는
그 짜릿한 기분

찻잔이 그 사람 입술인 듯
살며시 입술 대고 그를 받아들이듯
입안 가득 그윽한 향기를 느꼈는가

길을 걸어가며 스치는 꽃들
언제나 중심 자리는
내 가슴속에 핀 한 송이 꽃,
너였음을 아는가

텅 비어버린 공간

그대 떠난 자리
텅 비었다
가득 차 있었던 여수가
몽땅 날아가고
아무것도 보이지 않는다

자유다
뭘 할까
이 지독하게 비워진 공간에서
잡히는 것이 없다
그대 있던 자리에
그림자마저 점점 희미해진다

아프다

접목

겹쳐진 순간
모든 소음과 시간
생체의 리듬도 멈추어진
길고 긴 터널 속으로 여행이다

세상의 그 어떤 달콤함도
첫맛을 보는 이 순간의 맛을
비교할 것이 없다
십 대의 살구 맛
이십 대의 복숭아 맛
삼십 대의 장미 맛
사십 대의 안개꽃 맛
오십 대의 메밀꽃 맛
육십 대의 나팔꽃 향기
칠십 대의 나리꽃 향기
팔십 대의 붓꽃 향기
구십 대의 연꽃 향기
부딪친 그 순간부터

3부

먼 훗날까지

당신을 사랑할 수 있는
나는, 참으로 행운아입니다
당신을 사랑하도록 허락한
당신이 너무나 고맙습니다
내가 사랑한 당신이기에
너무도 행복합니다

세월이 수없이 흐르더라도
당신만을 사랑하고
사랑한다는 말은
예나 지금이나
먼 훗날 내가 살아 있는 날까지
당신에게만 할 수 있는 말입니다
나의 당신, 사랑해요

내 곁에

지금
내 곁에 네가 있어
네가 있는 것만으로도
하늘의 별들이 깨어나
음악을 연주해
무지개 구름 타고
훨훨

너 들어보렴
내 목소리
저 많은 별들이 속삭이는
그 소리 하나하나
네가 듣고 싶은 그 소리

사랑해

사랑 1

사랑한다는 말은
내가
살아 있는 동안
당신에게만
사랑해요

사랑 2

눈에 피더니
슬며시 가슴에 피어난다
눈으로 피우고
가슴으로 피우고
꽃 한 송이
내 안에 피었다고
하루하루가 무지개 같아
아름다운 꿈속 같아
한 송이가 피고
또 한 송이 피어난다

당신의 숨결

이른 아침
꿈에서 벗어나
숨소리 고른 당신을 바라볼 때
내 삶은 아직도 행복의 연장선

수많은 세월에
하루하루 사연 담아 흐르건만
천진스럽고 어여쁜
당신 모습은 변함이 없구려

당신을 만나 함께한
그 세월만큼 또다시 흘러
지금처럼 내 마음이라면
더 무엇을 바라겠나

사랑한다고

그대 가슴에
아무도 모르게
내 마음 하나 살포시 얹어놓았지요
누가 볼까 봐 얼른 덮었는데
혹시 그대는 눈치챘나요
그래도 아무에게도 말하지 마세요
지금은 비밀이에요
멀지 않은 날에
그대 가슴속에 숨겨놓은
내 마음이 점점 커지면
꽃도 피고 열매도 맺고
저 하늘 끝에 닿으면
그때는 자랑삼아 온 세상에 말할래요
사랑한다고

깊은 사랑

차가운 달빛이
소록소록 내리는 깊은 밤
그대 그리운 마음 한 자락
보자기에 고이 싸두었다가

햇살 따스하게 쏟아지는
향기 짙은 날

그대 오시는 발길마다
한 겹 한 겹 풀어
무지개 밟듯
가볍게 가볍게
눈 녹아 사라지듯
가슴 깊이 쌓인 사랑 녹여주시길

내가 나무라면

온몸을 가시 방패로 감싼 나무
짙은 향기를 풍기는 나무
있는 듯 없는 듯 밋밋한 나무
기암절벽에 뿌리 박고
외로이 팔 벌리고 서 있는 나무
사찰 마당에 천년을 살며
선남선녀 비밀 보따리 챙기는 나무
담 너머 젊은 부부 훔쳐보는 나무
그런 나무 되고 싶다

팔 벌려 새들 놀이터 되고
그늘 밑에 다리 베개 삼아
내 사랑이 쉴 수 있는 그런 나무 되고 싶다

하나

우리는 길을 걸을 때
손을 잡든 팔짱을 끼든 하나다

둘인 것 같으나 하나고
하나가 또 하나를 만들어 하나다

대화 속 주연은 둘이나
하나를 더해 하나를 만들어낸다

너와 나 하나가 되었듯이
그 하나가
깊은 사랑으로 또 하나의 사랑을 만든다

첫사랑

깊은 밤
창문을 두드리는 소리에
꿈속에서
임이 온 줄 알고
벌떡 일어나 창문을 더듬는다

기쁨의 잔상은 사라지며
허공중에 애잔한 여인이 웃는다

잊힐 듯 잊힐 듯 하면서
빗방울 속에 숨어들어
창문을 두드리는 너

오늘도
비어 있는 공간 속에 너를 더듬는 나
기타 줄 튕기듯 흐르는 빗소리에
애잔한 너의 노랫소리
가슴 저편에 네 심장 하나 뛰고 있다

나에게 시간을 줘요

나에게 시간을 줘요
당신을 사랑할 수 있는 시간을

저 황무지 들녘에 내 심장을 심으면
사방 실핏줄로 번져나가
봄이면 꽃이 피고
여름이면 푸른 들녘에 곡식이 자라고
가을이면 황금물결 일고
겨울이면 창밖 하얀 눈 바라보며
작년에 담근 핑크빛 와인을 즐겨요

봄이 멀지 않은 걸 당신도 알고 있지요
나의 봄맞이에 함께해 주시지요

바보

너를 바라볼 수 있다는 건
너를 사랑한
나만의 비밀이야

봄의 시작
어디에 가든 꽃들의 향연
동백 매화 목련 진달래
헤아릴 수 없는 들꽃

그 끝
꽃에 묻혀 있는 너

나는 오늘도
너를
“바”라“보”고만 있다

미로

바람결에 묻어온
임의 향기가 콧등에 머문다

그대 모습 눈 속에 두고
나 몰라라 흩어진다

구름인 듯 떠도는 영상
한 아름 끌어안으면
입술이 달콤하다

보는 것도 가는 것도
희미한 것
사랑은 짙은 안개 속의 미로다

눈총

네가 나라면
그토록 애정이 담긴
많은 총알을 피하지 않고
몇 발을 맞고 비틀댈 거다

먼 곳에서 저격 총으로
머리와 심장을 맞혀도
가까운 거리에서 권총을 쏴도
너의 방탄 유리벽은
도저히 깨지질 않는다

나는 핵을 담을 수 있는 총알을
최근에 거의 완성했다
네가 그 눈총을 맞고도 버티는가
나는 지켜볼 거다

느끼다

잔잔하게 흐르는 너의 눈길이
내 가슴에 조그만 시냇물을 흐르게 하고
너의 뜨거운 눈길 받아 들면
깊은 골짜기 굽이쳐 흐르는 용골이어라
뜨거운 입김 한 입 받으면
나는 네 몸속에 녹아들어
너의 영원한 종이 되리라

내 눈 속의 당신

당신 눈 속을 들여다보면
그 속에 내가 있어

내 눈을 바라보면
늘 그렇게 말했어

그래, 내 눈 속 깊은 곳에
당신이 있어

바보야, 네 심장에
내가 살고 있잖아

먼 훗날

당신
세월이 흐르고 흘러
먼 훗날
내가 당신 곁에 없더라도
미치도록 보고 싶을 때가 오면
가만히 눈을 감아봐요
당신을 사랑했던 한 남자가
늘 곁에 있었잖아요
때로는 숲속의 깊은 호수처럼
가을 하늘 뭉게구름이 청소한 밤
빛나는 별처럼
그 맑은 눈 속에
깊이깊이 정들여 새겨놓은
사랑이 있잖아요
그래도 자주 보진 말아요
예쁜 당신 눈가에 눈물이 맺히면
가슴이 아파요

철새 된 사랑

찰싹 달라붙은 손
걸을 때는 팔이 엉켜 붙고
자리에 앉으면
마주 보는 것도 멀어
옆에 앉아야만 했던 너

철원 녹슨 철책선에서
남자가 되어
훨훨 따뜻한 남쪽으로 찾아왔는데
너는 너는
다른 곳에 둥지를 틀었구나

차가운 바람이
나무 둥지 사이로 파고드는데
부드러운 너의 깃털 느낄 수 없으니
쏟아져 내리는 달빛마저
얼음 화살 되어 가슴에 박히는구나

끝없는 사랑

어디까지 가야 할까
많고 많은 역 중에
사랑의 종착역은 어딜까
그 끝이 어딜까
동쪽 산머리 위로 얼굴을 내미는 해일까
대지를 뜨겁게 달구다
서쪽 하늘을
처녀의 속마음으로 펼쳐내는 것일까
줘도 줘도 끝없는
퍼내도 퍼내도 솟아나는
그놈의 사랑
그 어디가 부족하길래
채우려 채우려고
내 인생을 모두 걸고
저 먼 은하 철도에 승차했을까

여보야

여보야 눈을 감아보렴
당신에게 지금부터 최면을 걸어
내 마음을 전해줄게
가슴에 손을 올리고
크고 길게 숨을 쉬어봐
한 번 두 번 세 번
이제는 내가 보일 거야 내 눈을 들여다봐
당신을 사랑하는 애잔하고 따뜻한 나를
결코 당신을 실망시키지 않을
진실한 눈이 당신을 보고 있지
당신의 크고 빛나는 눈동자 속에
내가 담겨 있지
여보, 조용히 귀 기울여보렴
내 목소리가 들리지
당신을 위해 간절히 기도하는
나의 목소리……
여보야 내 말을 헛되이 듣지 말고
가슴에 새기렴
그 말 속에 우리들의 미래가
크고 넓은 정원에 그림을 그리는

당신의 마음이 있어요

여보 살며시 내 손을 잡아봐요
거기에 당신이 있고 내가 있어요
따스한 기운에 당신을 감싸 안으며
아침의 눈을 뜨도록 도와줄 거요
저 끝없이 높은 가을 하늘도
저 넓은 바다 수평선도
당신을 사랑하는 내 마음처럼
높고 넓지 않아요
이 세상 그 무엇과도 견줄 수 없는
당신, 늘 처음 같은 당신이지요

그곳에서

네가 지금 서 있는 그곳에서
너와 내가 눈이 마주쳤지
활짝 핀 네 눈 속에
난 정말 빨려들었어
세상에 강심장이라 자랑했는데

어쩌면 그럴 수 있니
넌 마녀 같애
네가 마녀가 아니란 걸
나한테 증명할 수 있겠어?
밤낮으로 내 눈 속에는
모든 꽃을 합친 꽃다발인데

너 착각하지 마
내가 너를 사랑하게 된 줄
하지만 몰라
네 속에 뛰어들고파
미쳐 날뛰고 있거든

4부

당신

당신,
나에게 오는 길이 그렇게도 힘이 드오

그럼 모두 잠든 시간에
달빛에 내 그림자 밟고 따라오세요

달빛 없을 땐 별들이
가리키는 길 따라오세요

나는 언제나
당신 한 발자국 앞에 있어요

그림자가 합쳐지면
그때부터 우리는 하나가 되죠

그리움 1

쉼 없이
머리를 휘젓고 다니다
가슴으로 내려와
뜨겁게 뭉쳐져
미어터질 것 같고

깊은 한숨을
뱉어내면
가슴이 뻥 뚫려
비어버릴 것 같은 허전함

위스키 한 잔으로
불을 끄지만
타는 불 속에 기름 부은 듯

봄꽃들이 활짝 피어
벌 나비 춤추듯

너의 잔영
눈을 감아도

눈을 떠봐도
아지랑이다

그리움 2

보고 싶은 걸까
가슴이 저리도록 아픈 걸까
언제 어디서나 늘 곁에 있는 듯
스쳐 지나가는 스크린 영상인 듯

눈 감으면
속삭이듯 감미로운

산과 강
숲속의 호수
어디서도 환한
너,
꽃

그리움 3

크리스마스이브
잔뜩 찌푸린 하늘
눈이 오려나 했는데
빗방울이 바지 자락을 적신다

지난 먼 곳에
너의 이름을 묻어놓고
얼굴만 가슴 깊은 곳에 새겨
그리우면 꺼내어
함께 거닐고 술도 마시며
즐거운 대화를 속삭이다
우스우면 비실비실 실없이 웃고

오늘은 왠지
네가 살고 있는 곳으로
무작정 달려가고 싶다
그동안 때 묻은 옷가지들
훌훌 벗어 던지고

그리움 4

잠을 못 이루겠어요
당신 모습 그리워
잠을 못 이루겠어요

내 안에 있는 당신
아침 이슬 받아놓고
햇살에 구워 먹으려는
싱그러운 풀잎 같은 당신

가슴속 고이 간직한 당신
하나하나 펼쳐놓고
이것과 대화하고 저것과 속삭여도
금방금방 시들해져요

차가운 겨울이라
무지개도 못 만들고
별들에게 부탁해서
반짝이는 별마차 타고 오세요
그대 오시는 길에
곡성 장미꽃 향기
살포시 깔아놓을게요

너 2

네가 그립다는 건
아직도 네가 내 마음속에
깊이 박혀 있다는 것

너를 사랑했다는 것은
언제 어디서나
내가 가는 곳에
늘 그림자처럼 함께한다는 것

볼 수 없어도 볼 수 있는 건
이미 지나간 영상을
눈가 속눈썹 하나하나에
깊숙이 간직했기에

깊어가는 여름밤 땀내에 찌든 베개
너인 양
가슴 가득 끌어안는다

마음

오는 걸까
가는 걸까
형체 없이 오고 가는
봤을까
받았을까
내 뜨거운 눈길을
감당할까

아픈 상처

깊은 산 장맛비
계곡물 흘러 폭포로 내리꽂듯이
그리움은 가슴속에서 울려
화살촉 되어 심장에 박힌다
화살 꽂힌 심장은 터질 듯 부풀어 오른다

기억 저편에 있던 그녀
생글거리며 다가와
화살촉에 그넷줄 매어놓고
왔다 갔다 그네 탄다

가슴속에 달아놓은 풍경

비가 와도 눈이 와도
바람이 불어도
가슴에 매달린 풍경
뎅그렁뎅그렁

풍경 소리에 놀라
두 눈 크게 떠보지만
보이는 건 아스라이 스치는
추억의 그림자

저 먼 곳 어딘가로 풍경 흔들어
맑은 메아리 날려 보내건만
새들이 달려들어 다 주워 먹고
허공에 구름만 흐르네

녹슬어 가는 풍경 떨어지기 전
네가 한번 울려주려무나

한 아름

꽃다발 하나 가슴에 안긴다

봄이 가고
여름이 지나고
낙엽이 우수수 휘날리는 계절도
바람 따라 산 너머 그늘에 숨겨버리고
하얀 눈꽃 한 뭉치 쓸어 모아
모닥불 위에 올려놓는다

계절이 바뀌며 세월도 흐르고
가슴속 꽃도 주책없이
이 꽃 저 꽃 피워내기 바빴지

한 아름 안긴 꽃다발 속
언제부턴지
예쁜 장미 한 송이만 웃고 있네

심야의 편지

매화 산수화 개나리 목련
바람결에 춤추던 날개 접고
깊은 잠에 취했는데
어디서 향기가 솟아나
비틀대는 마음을 휘저어 놓을까

가로수에 걸터앉은
초승달 어디서 본 듯한데
기억을 지우려 해도
자꾸만 자꾸만
별처럼 반짝이는 너

상큼한 향기
한 아름 봉투에 담아
먼 옛날 초승달 닮은 소녀에게
보냅니다

바람이라면

내가 바람이라면
그대 얼굴에 맺힌 땀방울
차가운 바람으로 씻어주고
그대 능금 같은 볼 차가워지면
따스한 장미 바람으로 감싸주고
그대 비 내리는 저녁은
바바리코트 받쳐 입고
우산 속으로 쓸어안고
하얀 눈이 내리면
눈이 되어 그대의 얼굴에도 가슴에도
마음대로 찾아갈 건데

바람
바람이고 싶다

마음속으로

사랑을 주고 싶다
누구의 간섭도 받지 않고
내 마음대로
가슴을 열었다
내가 가진 것 다 가져달라고

가슴에 달라붙어
먹을 걸 찾는다

아무리 뒤져도
빈 허공
허탈에 빠졌던 그 사람
한쪽부터 조금씩
씨앗을 심어나간다

그림자

어디서
어떻게 왔을까

지나온 발자국도
희미한데

그림자 속에 묻어왔나 보다
내 그림자 옆에
또 하나
그림자가 보인다

가슴 저편

기다리다 기다리다
지쳐
조금씩 희미해진 너

수십 년 네 모습
그려놓은 영상들
어둠에 묻힐까 두려워

그때 그 모습 수채화로 그려
한 장 한 장
가슴 저 깊은 곳에 묻어놓는다

또다시
수십 년이 흘러 너를 만나면
가슴속 펼쳐 보여줄게

인연

스쳐 가는 것은 무엇이고
머물다 간 것은 무엇일까

아련한 기억 속
달콤한 미소를 짓게 하는 것은
스쳐 가는 것이고
가슴속을 애태우며 아프게 하는 것은
머물다 간 흔적일까

수십 년 함께했던 벗들도
가슴속 한 귀퉁이 똬리를 틀었고
잠깐 스친 인연도 가슴에 못을 박고 떠나
스친 것도 머문 것도
가슴에 담아둔 뜬소문이다

정

그럴 것 같다
그것도 마음이라고
머리를 어지럽히니

너
진정 밉다
그러나
보고 싶다

마음은
늘 네 곁에
언제까지나

중년의 사랑

당신을 사랑한다는 그 말이
왜 이렇게 어색할까
중년을 훌쩍 넘긴 나이에도
소년이 있는 걸까

달과 별과 놀다
이슬 먹고 피어난 눈부시도록 환한 장미,
당신을 보고 있으면
어디론가 우리 둘만 있는 곳으로
긴 여행을 떠나고 싶어도
당신이 돌아가자고 할까 봐
목적 없는 목적지를 찾지 못해
당신의 손을 잡지 못한다

속눈썹 그늘에 숨어 있는 아픔만
가슴 저편으로 옮겨놓는다

그대와 나

그대
내가 보고 싶다는 말은 하지 마라
나는
언제나 문을 열어놓고 그대 맞을 준비가 되어 있다
그대
나를 사랑한다는 말은 하지 마라
나는
당신을 처음 본 그 순간부터 사랑했다
그대
내 안부를 묻지 마라
나는
언제나 가녀린 당신의 어깨를 으스러지도록 안아줄 힘이 있다
그대
아무리 슬퍼도 울지 마라
나는
그림자 없는 밝은 미소를 매일 당신에게 선물할 수 있다
그대
무리하여 힘쓰지 마라
나는
항상 용솟음치는 힘이 있다

그대
영화에 나오는 멋진 주택을 탐하지 마라
나는
세상의 모든 좋은 집을 보고 설계하느라 조금 늦어질 뿐이다

그대여
세상에 아픔과 슬픔 없이 기쁨과 행복이 있겠는가
서로를 믿고 믿으면
우리도 모르는 사이 행복의 꼭짓점에 있을 것이다

사랑 출납부 통장

이십 대에서
삼십 대 중반까지
통장 예금이 무한정 늘어난다
그녀가 무엇을 하든
사랑 통장은 차곡차곡

삼십 중반을 넘기니
들어오고 나가고

사십 대에 들어서니
예금이 조금씩 줄어든다
들어오는 것보다
나가는 것이 무진장 많다

오십 대에 이르니
나가는 것도 들어오는 것도
관심 밖으로 밀려난다

육십 대에 이르러
내게도 사랑 통장이 있었던가

그런 것이 있었던가

기억 저편에
아지랑이가 인다

| 해설 |

사랑을 향한 네 개의 시적 포즈

신병은 시인

시를 쓸 때 행복한 사람이 좋은 시를 쓸 수 있다. 시 쓰기는 자기 삶이 말과 절실하게 만나는 길이다. 모든 문학이 삶의 본질을 짚어내는 것이기 때문에 시 속에 자신의 삶이 얼비치기 마련이다. 그래서 시는 시인의 이미지이면서 대상과 현상의 이미지가 된다.

박각순 시인의 시적 키워드는 '사랑, 그리움, 자유, 순진무구' 등으로 정리된다. 필자는 그동안 박각순 시인의 시 창작 과정을 지켜보면서 처음에는 소박하고 꾸밈없는 사람 냄새 나는 그의 시를 통해 인간 박각순을 읽었고, 지금은 순수하고 꾸밈없는 박각순의 삶을 통해 그의 시를 읽는다.

시 감상은 인간 읽기로부터 시작된다. 왜냐하면 모든 예술의 화두가 인간에서 출발하고 인간을 향해 나아가기 때문이다. 시 한 편을 읽는다는 것은 시 안에 앉아 있는 사람을 만나는 일이고, 그 사람과의 대화를 통해 나 자신을 읽는 일이다. 사람을 이해하고 나 자신을 이해할 수 있다면 그 자체로 우주를 이해한 것이기 때문이다.

사람 냄새가 나는 시, 예술 작품의 아름다움은 그 작품과 어우러

진 사람의 존재가 드러나기 때문이라고 한 잭슨 폴록의 말이 생각난다.

결국 시 감상도 인간 이해다. 예술에서 사랑을 제외하고 생각할 수가 없다. 위대한 예술가에게는 위대한 사랑이 곁에 있다. 서화담과 황진이, 최경창과 홍랑, 백석과 박영한, 유치환과 이영도, 릴케, 발레리, 네루다, 피카소에 이르기까지 수많은 예술가들이 어떻게 사랑을 노래하고 어떻게 에로티시즘을 예술적으로 갈무리했는지 이른바 사랑의 원형성은 문학뿐만이 아니라 그림과 음악에도 그대로 드러난다. 사랑의 본질은 예나 지금이나 원형성을 그대로 간직하고 있다. 이토록 사랑, 그 본질인 에로스에 대한 변용은 문학에서 가장 보편적인 주제다.

인간이 있고 문학이 있는 이상 이 주제는 시대도 역사도 초월해서 존재한다. 모든 이념이나 이데올로기가 끊임없이 생성 소멸하고 변화 과정을 거쳐도 이 주제 하나만큼은 고금을 통하여 금강석처럼 닳지도 않고 오히려 원형 그대로 빛을 뿜는다.

진정으로 사랑하는 것은 그 간격을 받아들이는 것, 자신과 자기가 사랑하는 것 사이의 거리를 더없이 사랑하는 것이라고 말한 시몬 베유의 말이 떠오른다. 사랑은 아니마와 아니무스의 상호 보완 관계며 소유가 아니라 존재인 것이다.

박각순 시인은 사랑을 사랑하는 시인이다. 누군가를 그리워하는 눈빛이면서 사랑으로 세상을 보는 눈빛이 된다. 그래서 그의 사랑은 폭넓은 삶의 자리로, 따뜻한 삶의 자리로, 자아 성찰의 밑자리로 변용되고 있다.

나이가 들면 바라보는 안목의 폭과 깊이가 달라진다. 그냥 가시적으로만 보는 것이 아니라 마음의 눈으로 바라보게 된다. 창작은 '마음의 눈'에서 비롯되지 않는가. 마음의 벽을 허물고 마음의 눈을 뜨니 세상이 이렇게 맑고 밝은 것을, 시인은 육십이 넘어서야 그 마음의 문을 열었다고 고백한다. 마음의 벽을 허물면 세상 모두가 내 것이고, 굳이 소유하려는 욕심은 한낱 부질없는 헛된 것임을 알게 된다. 정녕 비운다는 의미를 깨닫게 되는 것이다.

시는 시인과 같다. 그림 속에 그 작가가 보여야 하고 시 속에는 시인이 보여야 한다.

시인에게서 나이는 정말이지 숫자에 불과하다. 어떻게 보면 아직도 청년 같은 순수한 모습이지만 격하지 않은 감정을 안으로 곰곰이 삭여놓고 있다. 이것이 시인의 연륜에서 비롯된 솔직 담백한 언어 부림이다. 시인의 언어 부림은 있는 모습 그대로의 부림이다. 수사적인 꾸밈도 없고 가식적인 호들갑도 떨지 않는다. 그래서 시 속에서 시인이 말하는 방법도 마음이 고여 있는 화법이다. 다 말하지 않으면서 할 말을 다 하고 있는, 스스로 깨닫게 해주는 화법이다. 시적 언어가 별도로 있는 것이 아니라, 일상어의 새로운 의미 찾기를 한 언어가 시어가 된다. 메타포의 오류로 억지로 붙여진 언어는 결코 살아 있는 언어가 아니다. 살아 있는 언어는 일상적인 언어의 의미를 재탐색한, 대상과 언어를 짝짓기하는 데 성공한 언어다. 이 점에서 오랜 삶의 경험에서 비롯된 여유로 다가오는 박각순 시인의 시는 누구나 쉽게 이해할 수 있는 것이다.

그렇지만 그것을 다르게 읽는 것이 상상력이다. 화법이 다르면 문장이 달라지고 문장이 달라지면 의미도 달라진다. 인간의 본성은 언어에 의해 창조된다는 말이 있다. 또한 인간의 고통은 그 언어 속에서 이해되고 용해된다고 했다. 그는 인간의 삶을 보듬어 위안이 되고 맑은 삶의 새로운 방향을 시속에 던져둘 수 있는 창작의 원리를 잘 인지하고 있다.

오랜 연륜에서 발효된 삶의 풍경

박각순 시인, 그의 시적 수사 가운데 가장 인상적인 것은 무한 긍정의 힘이다. 세상을 바라보는 시안詩眼은 여러 가지인데 그중에서도 가장 중요한 법이 평범한 일상을 평범하게 바라보는 것이다. 지나친 수식은 알게 모르게 오히려 본래의 진실을 왜곡하게 마련이다. 일상을 순수하게 있는 그대로 담담하게 그려내는 것, 그리고 그 현실Reality을 그대로 전하는 것이 예술적 표현의 진실이 되어야 한다. 그의 시적 표현의 중요한 방법론이다. "물은 물이요, 산은 산이로다"라는 선문답도 있는 그대로를 바라보는 화법에서 진실과 진리의 힘을 갖게 된다.

박각순 시인의 시 속에 보이는 또 하나의 매력이 있다면 그것은 일상 속에서 깨달은 삶의 잔잔한 여운일 것이다. 거창한 깨달음이 아니라 모두가 알고 있는 삶의 이치를 일상적 풍경을 통해 발견해 낸다. 무엇보다도 자기 체험을 새로운'눈'으로 보고, 그것을 일상적 언어의 풍경으로 담아낼 수 있다. 시적 독창성이 영구적인 것은 되지 못하더라도 지루하고 권태로운 일상을 천진한 눈으로 훑고 발랄하게 뒤집으며 심미적 시안으로 재구성해 내는 능력이 있다.

그리움이란 무엇일까. 책을 읽다가도, 차를 마시다가도, 창밖을 응시하다가도 문득문득 다가오는 것이 그리움의 실체다. 박각순 시인은 그리움의 시인이라 해도 과언이 아니다. 달을 보면서 소년처럼 가슴 설레며 그리운 사람이 하늘에 가득하게 오버랩 되는 의미 체험을 보면, 그에게 그리움은 삶의 일상이고 삶의 가치인 것이다. 이처럼 의미 체험을 심하게 비틀거나 낯설게 하지 않으면서 그리움을 정감 있게 잘 변주하고 있다. 그의 그리움은 발효된 삶의 이정표가 된다.

마음의 깃을 가지런히 잡아주는 성찰의 시

시인의 삶은 소박함과 자유로움이다. 소박하지 않으면 자유로울 수 없다. 마음이 굳어 있으면 보고 있어도 보이지 않는다. 상상력이나 창의력은 의외로 평범한 일상, 낯익은 자유로운 관찰에서 나온다. 문제는 어떻게 다르게 볼 것인가이고, 다르게 본다는 것은 개념을 다르게 읽는다는 의미이기도 하다. 모든 개념, 의미는 시적 상황에 따라 달라지기 때문이다. 시 창작은 대상, 현상을 새롭게 이해하는 일이며 새롭게 풀어내는 일이다. 일상적인 관념을 그대로 읽는 것은 상투성이지만 그것을 다르게 읽는 것은 창의력이다. 화법이 다르면 문장이 달라지고 문장이 달라지면 의미도 달라진다. 인간의 본성은 언어에 의해 창조된다는 말이 있다. 또한 인간의 고통은 그 언어 속에서 이해되고 용해된다고 했다. 시인은 인간의 삶을 보듬어 위안이 되어주고, 삶의 새로운 방향을 일상 속에서 눈 맑게 탐색해 낸다.

『논어』에서는 사무사思無邪, 즉 시를 대할 때 정직, 솔직하라고 한다. 이것이 작은 깨달음의 눈을 뜨는 밑자리가 된다. 시를 통해 사랑을 온전하게 느끼길 바라는 마음, 사람들이 서로 잘 통했으면 하는 마음, 잃어버린 자신을 찾았으면 하는 마음이다.

박각순 시인은 계산되지 않은 순수한 마음으로 세상을 있는 그대로 바라보고 자신의 삶을 가만가만 성찰해 간다. 그러면서 일상 속의 소소한 행복을 깨우쳐 우리로 하여금 즐겁고 행복한 곳으로 안내해 준다.

사랑학 개론의 시적 변용

잊힌 사랑이 그리움으로 다가올 때
가슴에서 울리는 소리가 머리를 휘감을 때
그때야 사랑이란 허무인 것을 깨닫게 된다
긴 밤을 지새우며 허공 속에 그려놓은 임의 얼굴
그것이 허공이라는 것을 조금은 알 것 같다
누구나 사랑을 하지만
다 똑같은 사랑은 아닐 것이고
내 느낌도 네 느낌도 모두가 허상인 것을
그리움과 사랑으로 엮어낸
본질을 읽는 이들에게
내 마음과 함께하길 바란다
–「시인의 말」 전문

사랑은 얼마나 아름다운가! 사랑은 얼마나 위대한가! 이 두 명제는 유사 이래 인간이 갈망해 온 수수께끼지만 명확한 풀이를 남긴 사람은 아직 없다. 인간이면 누구나 애절하고 가슴 아린 러브스토리 하나쯤은 있게 마련이다. 누군가는 사랑은 인간에게 오는 혁명과도 같은 것이라 했고, 어린 왕자도 내가 좋아하는 그 사람이 또한 나를 좋아하는 것은 기적이라 했다.

진정한 사랑의 의미를 탐색하는 시인에게 사랑은 삶의 혁명이고 기적이고 창조적 삶의 에너지가 된다. 서로의 가슴속에서 지워지지 않는 이름들이고 '당신'의 존재만으로도 삶이 향기롭고 아름답다.

시는 아름다운 통찰이면서 아픈 통찰이다. 사랑은 아픔도 아름답게 갈무리하는 순화작용이 있다. 그렇게 보면 시는 아픈 통찰보다는 아름다운 통찰이다. 시적 통찰은 너를 통해 나를 보고, 나를 통해 너를 보는 서정이다. 그러면서 세상의 삶을 다시 들여다보고 다시 발견하는 과정이다.

봄이 오면 봄을 느끼고, 목련이 피면 감동하고, 감흥하는 서정성을 잃지 않으려 하고 꽃이 피는 것으로 하늘의 뜻을 읽어내려는 통찰과 통섭도 결국은 사랑이다. 꽃이 피는 현상에서 바람도, 햇살도, 기다림도, 의지도, 견딤도 읽어낼 수 있다. 어떻게 보면 매일매일, 매 순간마다 사는 것이 기적이라는 것을 체험하는 일은 사랑의 기적인 셈이다.

다 떠났다는 말은 하지 말자
아직도 내게는
초가을 해바라기보다도
샛별보다 더 빛나는

사랑의 별이 가슴에 빛나고 있다

오면 가고 가면 온다
영원한 것이 어디 있으랴
아픔도 기쁨도 순간인데
네 것이 어디 있고 내 것이 어디 있나
간 것도 온 것도 흔적이 없다
-「정열」 부분

사랑한다는 것은 '너와 나'란 경계를 지우고, 있고 없고의 초월적 안목으로 변하는 일이다. 사랑의 별은 사랑하는 사람의 가슴에서 영원히 지지 않는다. '스쳐 가는 것인지 스쳐 오는 것인지'도 "잊혀 가던 얼굴들"(「겨울밤」)도 중요하지 않다. 그냥 오면 가고 가면 오고, 간 것도 온 것도 흔적이 없는 유한한 것이 영원한 것이 된다. 그래서 떠났다는 말은 하지 않는 것이 사랑이다. 처음부터 네 것과 내 것이 없기 때문이란다.

시 쓰기는 삶의 일상을 하나하나 새롭게 깨달아가는 과정이다. 그 깨달음은 우리 주변의 사물이나 현상을 통해 발견하는 것이다. 재발견이다. 존재하는 현실로부터 존재해야 하는 이성적인 것들을 이끌어내는 것이다. 현상을 통해 현상의 이면에 숨죽이며 떨고 있는 삶의 본질을 드러내는 사유의 힘이다.

본질은 변한다. 본질은 하나가 아니고 진리 또한 시간과 공간에 따라 변하는 것이다. 즉, 공간과 시간의 다큐리즘이다. 시인은 이러한 시간과 공간의 변화에 따라 대상과 현상에 숨겨진 사랑의 의미를 발견해 내고 독자들은 또 한 번 자신의 경험에 비추어 숨겨진 사랑의 의미를 체험한다. 이때 만난 소박한 정서적 의미가 울림을 갖게 된다. 공감이다. 말과 사물이 서로 독립적으로 존재할 때는 시적 의미가 아닌 일상적 의미다. 말과 사물, 이름과 이름이 붙여진 것 사이의 융합이 이루어질 때, 그보다 먼저 시인이 자기 자신과 세계와의 화해를 요구한다. 그 화해의 매개가 사랑의 마법적 가치다. 이때 사물과 말은 인식의 재탈출이고 의식의 새로운 깊이를 이루게 되는 사랑의 메타언어를 경험하게 된다.

그대 떠난 자리
텅 비었다
가득 차 있었던 여수가
몽땅 날아가고
아무것도 보이지 않는다

자유다
뭘 할까
이 지독하게 비워진 공간에서
잡히는 것이 없다
그대 있던 자리에
그림자마저 점점 희미해진다

아프다
-「텅 비어버린 공간」 전문

'비어지다'란 말의 넓이를 생각해 본다. 사랑하는 사람이 떠난 텅 빈 자리의 넓이는 시인이 사는 도시만큼이나 넓고 아득하다. 아무것도 존재하지 않는 사랑의 부재를 체험한다. 거창한 발견은 아니고 그냥 일상에서 만난 현상에 대한 담담한 고백이지만, '텅 빈 자리'가 "자유다"란 한마디와 연결되는 순간에 그 폭과 넓이가 더해진다. '그대가 떠난' 상황이 "자유"일 수 있을까 하는 상황적 역설 속에 안겨 있는 시적 의미를 헤아리게 된다.

그의 시는 얼핏 사랑의 교술적인 인상을 주지만 현실을 떠난 유토피아를 갈구하지도 않는다. 그렇다고 일상의 생활 속에 침잠되어 세간법世間法의 박제된 사랑이 등장한 것은 더욱 아니다. 그의 시는 그 나름의 활법活法이 있다. 삶의 현장을 벗어난 듯 벗어나지 아니하고, 탈일상脫日常인 듯 다시 일상으로 돌아와 제자리를 굳건히 지킨다. 그것은 스스로 삶을 견지해 가는 연륜에서 가능한 활법이다.

공자는 오십에 지천명知天命하고 육십에 이순耳順했다고 한다. 하늘의 뜻을 헤아리고 세계의 뜻을 헤아리는 마음도 알고 보면 자연의 뜻에 순종할 줄 알고 배려하는 마음이라고 했다.

지천명을 지나고 이순을 지나 일흔이 되면 '七十而從心所欲不踰矩'라며 하고 싶은 대로 하여도 법도에 어긋나지 않는다고 했다. 이 말의 뜻은 순리에 따라 살면 법도에 어긋나는 일은 하지 않는다는 의미일 것이다. 공자의 마음이 곧 시의 마음이다. 사랑도 순리에 따를 때 법도에 어긋남이 없고, 사랑의 본질을 견지하는 것이다.

일방통행인 시인의 사랑이 시간의 미학으로 채색된 영원한 그리움이자 종심의 달관을 보여주는 것도 이 때문이리라. 박각순 시인의 미완의 사랑이 그리움으로 승화되는 시적 변용까지 거리낌이 없고 스스로 자유로운 것이다.

앙상한 가지를 더듬으며 흩어지는
소란스러운 속삭임이
길 떠나고 받는 조그만 역
연탄난로 하나 조용히 울고 있다

떠난 사람 안쓰럽게 바라보던
고운 눈가에
차가운 눈송이 하나
눈썹에 매달린다

열린 문으로 들어서는
반가운 얼굴 하나
하얀 눈송이다
-「눈송이 하나」 전문

누군가를 사랑하면 섬이 된다고 한 어느 시인의 말이 생각난다. 그의 사유가 닿고자 하는 섬이 오버랩 된다. 눈 내리는 날 대합실에는 연탄난로 하나만 외롭게 놓여 있는 간이역 풍경이다. 사랑하는 사람을 떠나보내고 마음이 비어버린 화자는 더없이 넓어 보이는 대합실 열린 문틈으로 들어서는 하얀 눈송이 하나가 반가운 것이다. 떠난 사람과 다가온 눈송이 하나가 서로 크로스오버 되어 정서적 폭이 확장된다.

"네가 나를 사랑하지 않는다고/ 내가 너를 사랑하지 않는다고 생각하지"(「알 수 없는 사랑」) 말라는 시인의 아가페적 사랑법은 "그때 누군가가 곁에서/ 나풀나풀하는 눈송이가/ 너의 속마음"(「첫눈 내리는 오후」)이고 '세월 지나도 지울 수 없는' 사랑의 지문이 된다.

색깔론을 대입하면 그의 사랑은 이와 같이 눈처럼 맑고 깨끗한 소색素色의 정원이다. 그녀의 한마디에 세상이 달라지고 그녀의 한마디에 세상이 환해지는 지고지순한 소색이다.

그녀의 한마디에 달라졌다
세상이 달라졌다
어쩌면 사람들이 저렇게 친절할까

먼저 인사했는데
먼저 미소 지었는데
그냥 고맙습니다 했는데
세상이 환하다
-「그녀의 선물」 부분

이쯤에서 그가 사랑하는 대상인 '너, 그녀, 당신'이 도대체 누구인지 궁금해진다. '금방 터질 듯한 향기 가득 머금은 덩굴장미, 매화 향기이고, 세상 꽃들 다 싸안은 정원이고, 한밤중 창문을 두드리는 빗방울이고, 샛별보다 더 빛나는 별이고, 차가운 겨울밤이고, 대합실에 홀연히 날아든 눈송이고, 아침 이슬 머금고 갓 피어난 꽃 한 송이고, 봄날의 아지랑이고, 새이면서 숲이고, 자유이고 아픔이고 첫사랑이다. 산과 강, 숲속의 호수 어디서도 환한 꽃이다. 그러면서 늘 처음 같은 여보야 당신이다. 그리고 고요하던 산자락에 산새들 노래도 들리고, 곱게 핀 산자락 꽃과도 대화가 시작되는 봄이기도 하다.'

짙은 꽃내음
살포시 다가와 안긴다

아련한 기억 저 멀리
살구꽃 가득 안고
보석보다 더 빛나는 눈망울로
지그시 올려다보던
봄꽃 소녀

어디쯤 가 있을까
이제는 봄이 와도
그때 복사꽃보다도 더 향기롭고
화사했던 너

지금 네 꽃이 천지에 피어나는
봄이야
-「봄이야」 전문

세상에 존재하는 모든 것들이 '너, 그녀'다. 이 모든 '너'는 시인의 사랑법 안에서 서로 소통하고 통섭하며 또 다른 사랑의 하모니를 만들어낸다. 그러고 보면 시인에게는 사계절이 동백, 매화, 목련, 장미, 해바라기 등 수많은 꽃이 피는 봄이다. 그래서 시인의 사계절도 시작도 끝도 한결같이 봄이다. 시인에게 봄은 사랑의 서정이면서 시간이고 공간이면서 시적 정감의 거리다. 한 발자국만 다가서면

이내 청명한 하늘이었고 활짝 핀 벚꽃나무 사이에서 환하게 보이는 기쁨이고 즐거움이었다. 눈으로 가슴으로 피어나는 한 송이 꽃이고 내가 없으면 너도 없는 범애주의적인 아름다운 통찰이다. 시인에게 시는 생활에서 담담하게 느낀 서정 이상도 이하도 아니다. 중요한 것은 본질 이전에 관계이면서 느낌이기 때문이다.

그대 가슴에
아무도 모르게
내 마음 하나 살포시 얹어놓았지요
누가 볼까 봐 얼른 덮었는데
혹시 그대는 눈치챘나요
그래도 아무에게도 말하지 마세요
지금은 비밀이에요
멀지 않은 날에
그대 가슴속에 숨겨놓은
내 마음이 점점 커지면
꽃도 피고 열매도 맺고
저 하늘 끝에 닿으면
그때는 자랑삼아 온 세상에 말할래요
사랑한다고
-「사랑한다고」 전문

시인에게 사랑은 '오직, 오로지' 혹은 '삶의 동력'에 대한 무늬다. 시인이 그리는 순수, 생각의 틀을 버린 무소유의 무늬다. 노자의 무위는 자신의 기준에 따라 세계를 봐야 하는, 과거에 묶여 있는 것이 아니라, 어떤 기준의 지배를 받지 않고 세계를 '보여지는 대로' 보는 것, 어느 것에도 묶여 있지 않고 앞으로 나아가는 것이다.

여기에 통섭의 원리가 닿아 있다. 대상을 대상으로만 보는 것이 아니라, 서로의 관계 속에서 폭넓게 보고 동시에 포착하는 것이다. 박각순 시인의 사랑의 변용은 여기에 있다. 주관성을 벗어나 자연의 객관성으로 나아가는 것, 가치의 세계와 결별하고 사랑이라는 보편적 근거를 발견하고자 한다. 자연의 질서에 순응하는 사랑의 힘을 통해 인간의 질서를 가다듬고자 하는 관계의 화법이다. 관계의 화법은 세상의 존재를 새롭게 발견하는 화법이면서, 잠자는 세상의 감성을 깨우는 화법이다. 대상의 주체성, 존재성, 존엄을 빛나게 해주는 말이다. 그것은 대상의 어느 부분을 들춰 이야기해야 가장 빛날 수 있는가를 생각해야 한다.

시의 화법은 존재를 새롭게 발견하는 화법이다. 그래서 시를 쓰는 일은 언어의 집을 짓는 일이고, 존재의 집을 새롭게 짓는 일이다. 나보다는 먼저 남을 생각하는 배려가 있는 말, 상대방의 마음을 어루만져 주는 말, 청자로 하여금 스스로 여백을 만들 수 있는 말, 맺힌 관계를 술술 풀어지게 하는 말, 다정하고 솔직하고 정직한 내 심정의 말이 힘이 있는 말이면서 살아 있는 말이다. 그래서 시어의 온도는 따뜻한 말이다.

> 여보야 눈을 감아보렴
> 당신에게 지금부터 최면을 걸어
> 내 마음을 전해줄게
> 가슴에 손을 올리고
> 크고 길게 숨을 쉬어봐

한 번 두 번 세 번
이제는 내가 보일 거야 내 눈을 들여다봐
당신을 사랑하는 애잔하고 따뜻한 나를
결코 당신을 실망시키지 않을
진실한 눈이 당신을 보고 있지
당신의 크고 빛나는 눈동자 속에
내가 담겨 있지
여보, 조용히 귀 기울여보렴
내 목소리가 들리지
당신을 위해 간절히 기도하는
나의 목소리……
여보야 내 말을 헛되이 듣지 말고
가슴에 새기렴
그 말 속에 우리들의 미래가
크고 넓은 정원에 그림을 그리는
당신의 마음이 있어요

여보 살며시 내 손을 잡아봐요
거기에 당신이 있고 내가 있어요
따스한 기운에 당신을 감싸 안으며
아침의 눈을 뜨도록 도와줄 거요
저 끝없이 높은 가을 하늘도
저 넓은 바다 수평선도
당신을 사랑하는 내 마음처럼
높고 넓지 않아요

이 세상 그 무엇과도 견줄 수 없는
당신, 늘 처음 같은 당신이지요
-「여보야」 전문

여보야 당신, 낯설지 않은 이 말의 아랫도리를 살짝 들춰보면 선한 눈망울이 있고, 잔잔한 그리움의 기도 소리가 들리고, 눈 감으면 더 선명해지는 처음 같은 당신 마음이 있다. 그래서 그의 사랑은 세계를 끌어안는 시인의 존재론적 인식이 바탕이 된다. 세계를 가슴으로 끌어안고 세계를 향해 열려 있지 않으면 불가능한 화법이다. 원시적 순수의 실체인 그의 사랑을 만나면 평범한 개인적 독백처럼 들리지만, 서정적 자아의 진솔한 의미와 만나게 된다.

문학의 모든 밑자리는 일상이고 그걸 사색하는 일임에 동의하게 된다. 그의 일상적 사랑은 '네 속에 비친 내 모습을 보는 것, 내 속에 비친 너를 보는 것'이라 했다. 흔한 말, 정직한 말, 화장하지 않은 말, 기교적이거나 장식적이지 않은 일상의 힘을 만나게 된다.

그의 사랑은 흔해빠진 통속이 아니라 자연과 사람의 아름다움에 대한 그리움이자 울림이다. 그의 사랑은 세상 모든 것들과의 관계망이면서 존재 방식이다. 사랑을 해야만이 대상을 통해 자아를 발견할 수 있고 사랑하는 대상에게 자신을 송두리째 내맡길 수도 있는 것이다. 즉, 그런 행위를 통해 일련의 새로운 자아를 발견하는 과정이다.

사랑만이 '너와 나, 그리고 우리'가 하나가 될 수 있는 유일한 길임을 역설한다. 그의 사랑은 사람과 자연에 대한 가치를 재발견하려는 시적 장치가 된다. 그의 사랑은 생명력의 표상이고 창조, 희망, 꿈의 또 다른 이름이 된다. 그래서 쉼 없이 사랑하라고 노래하고 사랑하자고 외친다.

사람은, 삶은, 스스로 아름다워야 한다. 사랑을 향한 그의 간절함은 버리고 비우면서 스스로 깊어지는 자기 응시이면서, 자신뿐만 아니라 세상을 정화하는 객관적 상관물이자 세상을 향해 던지는 가장 넓고 깊은 사랑의 발문법이다. 세상을 어루만지는 화법이다.